Edgar y Howard
en las Tierras del Sueño

Edgar y Howard
en las Tierras del Sueño

Joan Álvarez Durán

A Lluís Elías,
que me presentó a Edgar y a Howard
al principio de todas las cosas.

Prólogo

Esa incomparable sensación

Edgar Allan Poe nació tal día como hoy, un 19 de enero tembloroso y tibio en que se hace imposible lanzar tres ideas fértiles sobre su obra o su figura, siquiera una observación nueva, nada que no se haya dicho antes en este lapso de dos siglos largos que en términos cósmicos tiene que estar siendo insignificante. De Poe se puede decir que se ha escrito todo pero la primera certeza, cuando se sienta uno a escribir a su vera, sería que lo escribió todo él mismo y que lo hizo antes que nadie. A muchos de nosotros Poe nos inventó, nos averiguó en sus relatos, nos certificó no solo como lectores sino como individuos más o menos ajenos a la realidad. Como lunáticos. Y somos suyos desde hace más de doscientos años.

Poe no llegó a conocer a Howard Phillips Lovecraft pero Lovecraft sí supo de él, veneró su obra, la estudió y en cierto modo procedió a amplificarla. Se podría decir que Poe ideó también a Lovecraft en algunas de sus expediciones a los hielos, lo prefiguró en narraciones extraordinarias donde lo psicologista se expandía como una floración de la mente y lo macabro se enunciaba no solo en castillos encantados y crímenes a medianoche sino también en dolencias del alma, en la exploración del individuo, en el tormento existencial. Poe orienta a

Lovecraft en el engranaje de los relatos, le entrega unos útiles y le comparte un sentir decadente, y el misántropo de Providence, embrujado, se aplica a la materia y se alza en algo más relevante que un sucesor, se logra un semejante en un mundo de extraños. Quizás sería mucho decir que Poe y Lovecraft dedicaron su vida el uno al otro, pero en cierto modo así fue.

Tanto de Poe como de Lovecraft desconocemos detalles cotidianos. No sabemos cuál fue el timbre de su voz, si convivieron con algún gato persa, si sonreían al entrar en una confitería o qué andares gastaban de camino a la redacción de publicaciones como el *Southern Literary Messenger* o la legendaria *Weird Tales*, a las que entregaron buena parte de sus creaciones. A Lovecraft no le atraía la música pero sabía silbar, eso consta en su correspondencia. En general carecemos de certidumbres domésticas pero eso tampoco nos impide sentir próximos y familiares a estos dos hombres que tanto y en tantas cosas se equivocaron. Esto es así porque sabemos que fueron mucho más que escritores, que su trabajo no puede juzgarse en base a meras estimaciones literarias o estéticas, y ocurre sobre todo por la dimensión que sus letras cobraron en nosotros, por la manera inesperada y profunda en que nos afectaron cuando aparecieron en nuestras vidas, como nunca antes lo había hecho nadie y como nunca nadie lo haría después.

Pienso en un hipótetico encuentro entre Lovecraft y Poe y la imagen que se me aparece es la del primero llamando a la puerta del segundo con el pie, con una pata de jamón en una mano y en la otra una botella de licor hiperbóreo de la que él, abstemio, no va a beber, pero con la que quiere agasajar a su mentor. Son viandas que Lovecraft ha pagado con el dinero de su tía y que predicen una velada alegre, una celebración, una reunión que no necesariamente va a terminar en esos términos si tenemos en cuenta que lo que une a estos dos hombres es esa incomparable sensación que nos pone en contacto epidérmico con la vida entera: el miedo. De vivir todavía, a Poe y a Lovecraft tal vez se les habría ocurrido buscar los síntomas de esa afección en internet, habrían explorado causas y razones de su sensibilidad saltando de página en página, ateridos, cada vez más solos, perdiendo la esperanza en cada línea y encaminados hacia la emoción más antigua y más intensa de la humanidad. Pero es todo especular.

Joan Álvarez Durán sabe que es tarde, que ya no se puede escribir en torno a estos hombres más que humanos sin eludir tópicos, lugares comunes o hipótesis delirantes, que en este tiempo se ha escrito de todo e incluso se ha escrito de más. Por eso decide convocarlos sobre las tablas y dejar que hablen ellos. Que dialoguen. Se concede el enorme placer de presentar a dos amigos comunes y deja que operen las palabras y las intuiciones, porque cuando el tiempo ha disipado la memoria solo la literatura puede traer respuestas.

El encuentro entre estos dos hombres de estatura se va a producir ahora en una taberna que Joan figura fantástica y que yo quiero entender de atmósfera castiza como la de Alfonso Sastre. Un refugio sobrenatural, cálido y protector en cuya penumbra, si la escudriñamos, podríamos adivinar también las presencias de Baudelaire o Lord Dunsany, de Ambrose Bierce, Arthur Machen, Robert E. Howard, Augusth Derleth, Robert Bloch, Ramsey Campbell, de Stephen King y de toda una estirpe de viejos camaradas, individuos tocados por la vida, enemigos feroces de la muerte, hombres empeñados en corregir esa alucinación colectiva, absurda y siempre amenazante que transcurre de puertas afuera y a la que tenemos por costumbre llamar realidad.

Rubén Lardín
Barcelona, 19 de enero de 2018

Edgar y Howard
en las Tierras del Sueño

Prefacio

Escribí *Edgar y Howard en las Tierras del Sueño* de un tirón, en agosto de 2014. Llevaba un tiempo dándole vueltas a la idea de unir a estos dos referentes esenciales de la literatura de terror y construir una pequeña ficción cuya trama fuera un mero pretexto para rendirles homenaje y exponer sus visiones sobre el género.

Dicho así puede sonar algo importante, pero mi intención era la de escribir algo sencillo y que despertara la simpatía cómplice de los aficionados.

Pensé en escribir un relato corto. Hace bastantes años leí una historia titulada *Última llamada para los hijos del shock*, escrita por David J. Schow, en la que los monstruos clásicos de la Universal se reunían en un bar regentado por el monstruo de Frankenstein y hablaban de los viejos tiempos. Me gustó mucho el concepto, y pensé que podía hacer algo parecido. Quizá le di una o dos vueltas, pero resolví la cuestión decidiendo que no me importaba tanto la narrativa y la atmósfera como lo que tenían que decir los dos protagonistas.

Fue entonces cuando pensé en el formato teatral. La idea de centrar toda la acción en el diálogo se me antojó de repente muy atractiva, ya que se basaba en despojar el relato de todo aquello que es significativo en la obra de Poe y Lovecraft, y que supone la esencia del género como tal, y centrarse el relato en sus voces, y en ellos mismos.

El primer reto planteado fue, evidentemente, el cómo justificar el encuentro entre dos personajes cuya muerte del primero y nacimiento del segundo están distanciados en casi 31 años. Las Dreamlands, o Tierras del sueño, aparecieron entonces como una solución tan lógica como carente de ella, un espacio irreal en el que este encuentro, y únicamente aquí, es posible. A partir de este punto, la sugerencia y la interpretación del lector harían el resto.

Para escribir los diálogos tuve en cuenta sus respectivos estilos narrativos. Algunas líneas de diálogo son incluso citas textuales de sus obras. El texto que tenéis entre manos no pretende ser una recreación exacta de sus rutinas ni sus formas de expresarse, ni una estimación biográfica de estos personajes dentro de un marco ficticio. Edgar y Howard son dos identidades que existen como plasmación de mi percepción de sus valores literarios, y de sus personalidades y psicología como reflejo de su obra escrita.

Al final del texto hay un pequeño apartado con observaciones acerca de detalles biográficos, referencias veladas a las obras de Poe y Lovecraft, y algunas anotaciones mías.

Espero que la lectura de *Edgar y Howard en las Tierras del Sueño* os resulte amena y os lleve, ni que sea por unos instantes, a otro plano de existencia.

Joan Álvarez Durán
Barcelona, diciembre de 2017

Acto I

El interior de la estancia tiene un aspecto sórdido y austero, con un sencillo mobiliario de madera ya gastada (un par de mesas, algunas sillas y lo que parece la barra de una taberna, o quizá el mostrador de una biblioteca).

Unas lámparas de aceite dispuestas en las paredes iluminan el lugar con luz débil y cálida. Todo está en calma excepto por el apenas imperceptible sonido del viento, afuera.

En la posada hay solo una persona. Es EDGAR, que dormita sentado a una mesa. Tiene entre sus brazos una botella de aguardiente.

Suenan unos golpes a la puerta. Son unos toc toc secos y sordos. Edgar alza la cabeza, despertándose. Está confuso y aún adormilado.

Suenan de nuevo los golpes: toc toc.

EDGAR
(Con resaca)
Nadie llama. Es solo el viento, y nada más.

Edgar coge el vaso que tiene delante y hace el ademán de beber, pero no queda nada, ni en el vaso, ni en la botella.

Vuelven a llamar. Esta vez escucha bien, atento. Mira alrededor. Nadie aparece para abrir la puerta.

EDGAR
(*Alza la voz*)
¡Eh! ¡Llaman a la puerta!

No hay respuesta. Se lleva la mano a la cabeza, dolorido.

EDGAR
¿No me escucha nadie?

Llaman de nuevo. Edgar se levanta, importunado.

EDGAR
Ya voy, ya voy. ¿Es que no hay nadie aquí? Demonios…

Edgar se acerca hasta la puerta y la abre. Al otro lado no hay nada excepto viento y una neblina helada que se cuela en el interior.

EDGAR
¿Hola?

No hay respuesta.

EDGAR
¿Hay alguien ahí afuera?

Nadie responde. Edgar se encoge por el frío que entra en la estancia. Cierra la puerta.

Mira de nuevo a su alrededor, desorientado.

EDGAR
(*Alza la voz*)
¿Y dentro? ¿Hay alguien?

Sigue sin haber respuesta.

EDGAR
¿Hola?

La posada entera le responde, ahora sí, con un crujido estremecedor.

EDGAR
Tomaré eso como un «no».

Suenan entonces otros golpecitos a través de una ventana. Eso llama su atención.

EDGAR
¡Ah! Algo respira tras los postigos de esa ventana. Veamos, pues, que es lo que allí ocurre y desvelemos por fin este misterio.

Edgar se dirige hacia la ventana. Descubre los postigos. Hay alguien afuera. Es HOWARD, que le hace señas desesperadas.

Edgar abre la ventana.

EDGAR
Buenos días.

HOWARD
Déjeme entrar, por lo que más quiera.

Howard entra penosamente a través de la ventana. Edgar se aparta a un lado para que pase.

EDGAR

¿Sabe? En mi opinión le sería todo más fácil si utilizara las puertas para acceder a los sitios.

Una vez dentro, Howard cierra con prisas la ventana. Luego se sienta en una silla, nervioso.

HOWARD

He llamado a la puerta, pero nadie ha respondido. Empezaba a temer que este lugar estuviera vacío.

EDGAR

Oh, yo fui a abrirle, pero en cuanto lo hice había volado usted. Como un pájaro negro que se pierde en la noche.

HOWARD

Discúlpeme, pero estaba impaciente por entrar.

EDGAR

¡Ah, la bebida, hermosa y seductora compañía! ¿No es cierto?

HOWARD

No, yo no bebo.

EDGAR

Oh. Entonces curiosa visita, la suya. ¿Con quien tengo, por cierto, el placer de hablar?

Howard se muestra un poco confuso, como si le costara recordar.

HOWARD
Yo… mi nombre es Howard.

EDGAR
Yo soy Edgar. Encantado de saludarle.

Estrechan sus manos. Howard parece desorientado.

EDGAR
¿Se encuentra bien? Parece usted indispuesto.

HOWARD
No lo sé, me siento extraño. ¿Es posible que nos hayamos visto antes?

EDGAR
No lo recuerdo. La verdad es que no recuerdo muy bien nada de nada.
(Se lleva la mano a la sien)
Tengo un enjambre de insectos infernales aquí, en mi cabeza, que no me deja pensar con claridad.

HOWARD
(Confuso)
Pero yo tengo la sensación de conocerle. ¿Es usted de Arkham?

EDGAR
¿Arkham? No he oído nunca hablar de ese lugar. Yo nací en Boston. Y, aunque he estado por aquí y por allá, Boston sigue siendo mi hogar. ¿Dónde dice que está esa ciudad, Arkham?

HOWARD
No lo sé. Disculpe. Estoy cansado, y también me cuesta pensar.
(Mira a su alrededor, tomando conciencia del lugar)
¿Qué sitio es éste, por cierto?

EDGAR
No tengo la menor idea, pero parece que usted y yo somos los únicos parroquianos de tan singular establecimiento.

HOWARD
¿No hay nadie más?

EDGAR
Hasta ahora, eso es lo que parece.

HOWARD
Qué extraño.

EDGAR
¿Seguro que no quiere una copita de aguardiente? Estoy convencido de que por aquí debe haber algo que nos ayude con este abrumador desconcierto.

HOWARD
No, muchas gracias. El alcohol me produce mareos.

EDGAR
Sí, a mí también. ¿No es fantástico?

Edgar se dirige tras la barra. Rebusca entre los estantes, sin éxito. Se lamenta con un quejido sordo.

Howard permanece sentado, mirando a su alrededor.

EDGAR

Y, dígame, ¿qué le trae a usted por aquí? He observado que tenía cierta urgencia por llegar lo antes posible a este sitio.

HOWARD

Yo no... no lo sé. Pero siento una especie de turbación dentro de mí. Una terrible inquietud que no puedo explicar.

EDGAR

Ah. Es interesante que mencione este punto, puesto que a mí me ocurre algo parecido.

HOWARD

¿También?

EDGAR

Una inquietud irracional, efectivamente. Como un estremecimiento del alma.

HOWARD

Eso también es bien extraño.

EDGAR

Yo creo que se debe a esta atmósfera tan desgarradora. La ausencia de toda actividad humana, más allá de mi presencia o la suya, me pone los pelos de punta. ¿Ha visto a alguien allí afuera?

HOWARD
No. Um. Yo… alguien me estaba siguiendo.

EDGAR
Ah.

HOWARD
Afuera, en la niebla.

Instintivamente, Howard se levanta y se aleja todo lo que puede de la ventana.

EDGAR
Quizás no estemos tan solos, despúes de todo.

HOWARD
No era una sensación agradable. Me sentía amenazado.

EDGAR
Oh, ¿de veras?

HOWARD
Sí.

EDGAR
Creo firmemente que no debería preocuparse demasiado.
Quienquiera que procediera a semejante actividad, o bien se ha perdido, o ha fallecido debido a ese frío de mil demonios. ¿Y quién le seguía? ¿Algún acreedor suyo?

HOWARD
No lo sé.

EDGAR
Vaya, esto es de lo más intrigante.

HOWARD
No recuerdo cómo he llegado hasta aquí. De repente estaba entre la niebla, y alguien me seguía.

EDGAR
¿Dice usted que no sabe cómo fue a parar ahi afuera?

HOWARD
Eso es.

EDGAR
Sí que es curioso. Yo tampoco recuerdo cómo he ido a parar a este lugar. ¿No es formidable?

HOWARD
No lo sé. ¿Qué es lo último que recuerda?

EDGAR
¿Yo? Veamos... Estaba en... en Providence, eso es, y unos caballeros me invitaron a tomar un trago. Bueno, más de uno, si tengo que serle sincero. Fuimos pasando de taberna en taberna, y... bien, y de pronto desperté en este lugar.

HOWARD
¿Y no recuerda el momento en el que llegó aquí?

EDGAR
No, la verdad. ¿Y usted?

HOWARD

Yo… estaba en la cama. No me encontraba muy bien.

EDGAR

Eso está claro. Está usted más pálido que un cadáver desecado. ¿Seguro que no quiere un trago?

HOWARD

No, muchas gracias. Tenía mucho frío, ¿sabe? Y una angustiosa sensación de terror. Cerré los ojos y, entonces, sentí unos aleteos a mi espalda, y unas voces lejanas.

EDGAR

¿Aleteos?

HOWARD

Sí, algo así como algún tipo de gran ave que no podía ver. De pronto, y sin saber cómo, ya estaba ahí fuera, entre la niebla. E intentaba alejarme de esas voces de las que le he hablado, pero mientras más avanzaba, más cerca de mí las sentía.

EDGAR

Inquietante situación, sin duda. ¿Reconocía esas voces?

HOWARD

No. No podía identificarlas. Eran como una especie de letanía ritual, no sé si me comprende.

EDGAR

Claro.

HOWARD

Entonces, sintiéndome desesperado, avancé a ciegas hasta que vi una luz, a lo lejos. Al acercarme a ella resultó ser este sitio. Extraño, ¿no cree?

EDGAR

Desde luego. Si usted no me estuviera hablando y yo no le estuviera mirando, le diría que todo esto no es más que un sueño.

HOWARD

¿Un sueño de quién?

EDGAR

¿Cómo?

HOWARD

Si esto fuera un sueño, ¿sería su sueño, o el mío?

EDGAR

Ah. Sería mi sueño, por supuesto. Yo estaba aquí primero.

HOWARD

Ya, bueno. Puede que aquí dentro, pero no ahí afuera.

EDGAR

Por lo que a mí respecta, no existía nada ahí afuera hasta que usted se materializó ante mis ojos. Bien pudiera ser una creación de mi propia mente.

HOWARD
¿Y también ha creado su mente mis vivencias y sensaciones?

EDGAR
Bien, admito que se trataría de un sueño muy detallado.

HOWARD
Visto de esa manera, también podría haberle creado yo a usted.

EDGAR
Es posible, aunque me parecería sorprendente.

HOWARD
¿Por qué?

EDGAR
Porque habría sido capaz recrearme con un detalle asombroso. Y dudo que nadie me conozca mejor que yo mismo.

HOWARD
Entonces quizá no sea un sueño, después de todo. Se sorprendería de la cantidad de hombres cuerdos que son incapaces de diferenciar la realidad del sueño. No veo por qué íbamos a ser diferentes.

De repente, unos golpes sordos aporrean la puerta, sobresaltándoles.

Edgar y Howard observan hacia allí.

EDGAR
Eso, ¿es parte de su sueño, del mío, o es real?

HOWARD
No sabría decirle.

Los golpes se repiten, mucho más fuertes.

HOWARD
Quizá debe ser alguien que también se ha perdido en la
niebla.

*Edgar hace ademán de dirigirse a la puerta, pero de pronto se
detiene. Los cimientos de la posada crujen. Es una sensación muy
inquietante.*

HOWARD
¿Lo siente?

EDGAR
Sí, de repente hace mucho frío. Y también está esa
sensación de vacío.

HOWARD
Exacto.

*Más golpes. Esta vez no vienen de la puerta, sino que parecen
venir de todo el entorno.*

HOWARD
Suenan por todas partes.

EDGAR

No le admitiré que esté asustado, puesto que acabamos de conocernos, pero creo que mantener esa puerta bien cerrada sería una idea que aplaudiría con entusiasmo.

HOWARD

Coincido con usted.

Se escucha un último crujido y, de repente, todo queda en calma.

Edgar y Howard escuchan atentamente. A su alrededor reina un silencio sepulcral. Edgar suspira hondo.

EDGAR

Bien; esperemos que, fuera lo que fuera, lo deje todo en este punto. Creo que no estoy de humor para misterios extravagantes.

HOWARD

Creo que no comparto su optimismo.

EDGAR

Me parecería preocupante si lo hiciera. Jamás me he considerado un optimista.

HOWARD

Yo siento que esto es solo el principio.

EDGAR

¿El principio de qué?

HOWARD
No sabría decirle. Percibo *algo*... terrible, ignominioso, que se abre paso hacia nosotros.

Ambos miran alrededor, esperando que ocurra algo.

EDGAR
(Señala las luces)
¡Mire!

La intensidad de la luz disminuye, y el lugar se oscurece levemente. Solo la puerta de entrada permanece iluminada con la como al principio.

Entonces, la puerta comienza a crujir y a combarse como si respirara.

HOWARD
(Aterrado)
¿Ve eso?

EDGAR
La madera se está combando. Sin duda, estamos en un sueño.

HOWARD
No apostaría mi vida en ello. Ayúdeme.

Howard corre hacia una de las mesas y, con mucha dificultad, empieza a arrastrarla hacia la entrada.

EDGAR
¿Qué hace?

HOWARD
Intento bloquear la puerta.

EDGAR
¿Y cree que servirá de algo?

HOWARD
No lo he pensado mucho. ¡Ayúdeme!

Howard y Edgar arrastran la mesa hacia la puerta y ejercen presión sobre ella, bloqueándola.

Entonces empiezan a producirse unos aterradores golpes contra la puerta, que tiembla ante cada embestida. La taberna se oscurece del todo.

Edgar y Howard dan un paso aterrado hacia atrás y observan la entrada, impotentes. El aire se carga de una tensión insoportable. Durante unos segundos, todo se estremece como si el lugar estuviera a punto de venirse abajo.

Pero, de repente, todo cesa. Silencio. La luz tilila de nuevo hasta recuperar su intensidad inicial.

Edgar y Howard permanecen unos segundos quietos como estatuas.

HOWARD
¿Qué ha sido eso?

EDGAR
No tengo la menor idea. Y, la verdad, prefiero seguir siendo un ignorante al respecto.

HOWARD
En mi vida había vivido una experiencia semejante.

Howard se acerca tímidamente hasta la puerta y la golpea con los nudillos. Se escucha un toc toc firme y seco. La madera es sólida.

HOWARD
¿Ha visto eso? ¡Esta madera que estoy tocando se ha doblado como si fuera una lámina de cuero!

EDGAR
En efecto.

HOWARD
Y las luces... ¡Y ese terrible sonido! ¿Cómo es posible?

Edgar se sienta en una silla. Trata de recuperar el aliento.

EDGAR
Me gustaría tener una respuesta, se lo aseguro, pero mi ingenio se vuelve tímido ante situaciones como ésta.

Vuelve a escucharse un crujido de la casa. Un lejano rumor.

HOWARD
¿Ha oído?

EDGAR
Parece un eco.

HOWARD
Sea lo que sea, sigue ahí afuera.

EDGAR
¿Está seguro?

HOWARD
Sí. ¿No lo siente usted?

EDGAR
Lo que siento es un temblor fuera de lo común por todo mi cuerpo. Y en este maldito lugar no hay ni una botella con algo para calmar los nervios.

HOWARD
¿Piensa en un trago en un momento como éste?

EDGAR
Un trago es lo mejor para un momento como éste, y para muchos otros. Pero, ya lo ve: ni una gota. ¿Qué tipo de taberna es ésta?

HOWARD
¿Taberna? Yo no diría que esto sea una taberna.

EDGAR
¿Cómo que no? Mire ahí la barra, y las mesas.

HOWARD
Le aseguro que no veo ninguna taberna. Yo creo que es una vieja biblioteca.

EDGAR
¿Una biblioteca?

HOWARD

Sí. Aquellos estantes habrían contenido libros. Probablemente volúmenes de saber arcano. Ése es el mostrador, y esta otra parte habría estado dedicada al estudio de grimorios de contenido profano.

EDGAR

Oiga, ¿está seguro de que no sufre usted la afección de los vapores etílicos?

HOWARD

Tengo que reconocer, ciertamente, que se trataría de una disposición algo extraña para una librería.

EDGAR

Y más aún si no contiene ni un solo libro. Al menos, yo he despertado con una botella entre mis manos.

HOWARD

Mantengo mi postura con respecto a que esto no es una taberna.

EDGAR

Como quiera. Yo mantengo la mía con respecto a que esto no es ninguna biblioteca.

HOWARD

Me parece justo.

EDGAR

Bien. Entonces, ¿dónde estamos?

Edgar y Howard miran a su alrededor.

HOWARD
Es una buena pregunta.

En ese instante vuelven a escucharse de nuevo unos golpes atronadores contra la estructura del local. Edgar se incorpora de un salto. Howard da un paso atrás, colocándose a su lado.

La puerta chirría lastimosamente, y las luces tililan con una intensidad abrumadora.

HOWARD
¿Lo ve? ¡No se ha ido!

EDGAR
Como esto siga así, el lugar entero va a venirse abajo.

Howard corre hacia la mesa que bloquea la puerta, ejerciendo fuerza contra la entrada.

Edgar se dispone a hacer lo mismo, pero Howard señala hacia la ventana.

HOWARD
¡La ventana! ¡Asegure la ventana!

Edgar hace caso. Apostilla los postigos y apoya su espalda sobre ellos en un gesto desesperado.

El acoso se sucede durante unos segundos.

Y después, de nuevo el silencio.

Edgar y Howard permanecen quietos, en la misma posición en la que estaban, durante unos instantes.

EDGAR
Bien, esto podría considerarse un milagro.

HOWARD
¿El qué?

EDGAR
Que los cimientos de ese lugar hayan soportado semejante presión. Desde luego, son más sólidos que mis nervios.

HOWARD
¿Qué ha sido eso? ¿Lo ha sentido?

EDGAR
¡Claro que lo he sentido! Incluso alguien que no se cuestionara su cordura lo hubiera hecho.

HOWARD
No me refiero a los golpes. Hablo de… lo otro.

Edgar espera unos segundos. Piensa. Asiente.

EDGAR
Sí. Usted está hablando de esta incomparable sensación de terror.

HOWARD
Exacto.

*Howard corre a abrir los postigos de la ventana y echar una
mirada furtiva al exterior. Edgar le deja hacer.*

EDGAR
¿Qué hace?

HOWARD
Quiero ver quién es el responsable de esto, pero afuera
está todo cubierto por la niebla.

Edgar mira por encima del hombro de Howard.

EDGAR
Ciertamente. Todo está tranquilo y frío como un
cementerio en una noche de invierno.

HOWARD
Entonces, ¿qué es esa presencia que estamos sintiendo?

EDGAR
No lo sé, amigo mío. Me vanaglorio de saber la respuesta
a casi todo, pero no de todo. En cualquier caso,
tengo la impresión de que, sea lo que sea lo que esté
ahí fuera, le busca a usted.

HOWARD
¿Por qué dice eso?

EDGAR
Porque esta turbadora sensación no ha comenzado hasta
que usted ha irrumpido dentro de este lugar.

HOWARD
¡Dios mío!

EDGAR
Efectivamente. El infortunio acecha como una sombra sigilosa, penetrando en lo cotidiano con funesta determinación.

HOWARD
¡La irrupción de lo fantástico en lo cotidiano!

EDGAR
Eso mismo. Aunque no podamos considerar este entorno como precisamente… cotidiano, lo extraordinario irrumpe con fuerza para desavenencia de nuestros sufridos protagonistas. Sin embargo, me asalta una duda con respecto al comportamiento de usted.

HOWARD
Dígame.

EDGAR
Cuando se ha acercado a esa ventana para echar un vistazo afuera, ¿qué esperaba ver?

HOWARD
No lo sé. Supongo que… alguna criatura ignominiosa. O algún tipo de horror indescriptible.

EDGAR
¿En serio? ¿Y de verdad lo cree importante?

HOWARD
¿Cómo? No le entiendo.

EDGAR
Por lo que intuyo, usted atribuye este estado de inquietud
a una terrible presencia que puede ser explicada.

HOWARD
Así es. ¿O no cree que haya algo allí afuera de naturaleza
extraordinaria?

EDGAR
Creo que si abrimos esa puerta permitiermos la entrada a
lo que sea responsable de esta situación tan poco
deseable, sí.

HOWARD
Entonces está de acuerdo con mis palabras.

EDGAR
No del todo. Porque no creo en absoluto que, de
conocer esa respuesta que usted pretende buscar, el
horror fuera a desaparecer. Más bien al contrario:
quizás estaríamos dando un paso hacia la peor de
nuestras pesadillas.

HOWARD
Eso que dice es muy turbador.

EDGAR
La presente situación lo es, ¿no cree?

HOWARD

Sí, pero escuche con atención. Supongo que estará de acuerdo conmigo en que el más antiguo e intenso de los miedos es el miedo a lo desconocido.

EDGAR

Comparto esa afirmación con usted, por supuesto.

HOWARD

¿Y no cree que definiendo la entidad de lo que haya allí fuera todo sería más fácil?

Se produce un débil eco del asedio anterior. Edgar manda callar a Howard con un chisteo. Escuchan el ambiente.

Hay unos sonidos débiles que se alejan.

Edgar y Howard se relajan un poco.

HOWARD

Admito que ver lo que hay ahí afuera podría llevarnos, no sé, de un estado de terror a otro de incuestionable locura. Pero al menos sabríamos a qué atenernos. ¿No está de acuerdo?

EDGAR

Lo que yo creo es que nuestra mera presencia en este espacio tan lúgubre, bajo estas circunstancias tan particulares, es suficiente para que el horror fluya en nosotros. Creo que la sensación nace por sí misma, desde el alma, y que la identidad de lo que sea que haya allí afuera puede ser, al mismo tiempo, causa y efecto. Así que mejor dejémoslo donde está.

HOWARD

Si no comprendo mal, está diciendo usted que esta sensación de terror surge de nuestro interior.

EDGAR

Eso no sería del todo exacto, pero podría ser una interpretación aceptable, sí.

HOWARD

¿Cómo? Ilústreme.

EDGAR

Piense en una pesadilla. Los monstruos de la mente existen por sí mismos. No se explican, ya que cualquier tipo de razonamiento posterior no es más que un proceso intelectual de una experiencia vivida. El terror nace porque los elementos a nuestro alrededor se organizan de manera pesadillesca. Exactamente como lo que estamos viviendo.

HOWARD

O sea, que usted sostiene que la esencia del terror verdadero no radica en interpretar unos hechos concretos, sino experimentarlos en su desnudez.

EDGAR

Exactamente eso. ¿No lo cree usted?

HOWARD

Bien, tal y como lo expone, puedo estar de acuerdo con sus palabras, en parte.

EDGAR
Interesante. ¿Cuáles son las diferencias de su pensamiento con respecto al mío?

HOWARD
Yo creo que la experiencia en sí es un factor importante, desde luego, pero no definitivo.

EDGAR
¿Ah, no?

HOWARD
Verá. Yo creo que el mundo obedece a unas leyes ancestrales, a un patrón cósmico del que nosotros, los seres humanos, tan sólo formamos una infinitésima parte.

EDGAR
Interesante.

HOWARD
Nuestra incapacidad para comprender todo lo que este mundo contiene es la causa de una especie de vértigo existencial que puede manifestarse de manera fatal si las condiciones son adecuadas.

EDGAR
Ya veo.

HOWARD
Por otra parte, esa misma incapacidad para relacionar todo lo que coexiste con nosotros es, quizás, lo más misericordioso de este mundo.

EDGAR
¿Y quién ha creado ese patrón cósmico? ¿Dios?

HOWARD
Aunque no comulgo en absoluto con la idea de un Dios como entidad única creadora, sí me inclino a pensar que hay una fuerza primigenia en el Universo que ha trazado un plan maestro con algún oscuro designio.

EDGAR
Amigo mío, eso es una idea fascinante.

HOWARD
¿Lo es?

EDGAR
Sí. Acaba de reducir la esencia del ser humano a poco menos que la insignificancia, lo cual me parece francamente divertido.

HOWARD
Bien, si le soy sincero, creo que el pensamiento humano es el espectáculo más desalentador de la faz de la Tierra. No obstante, coincido con usted en que es divertido. Lo es por su empeño en dogmatizar un cosmos inabarcable e incognoscible del que nosotros no somos más que un átomo transitorio y despreciable.

EDGAR
Vaya. Así que es usted un ateo irredento.

HOWARD
¿Es usted creyente?

EDGAR
Bien, yo sí creo en una fuerza creadora. De hecho, estoy
convencido de que en la unidad general de una
primera cosa se halla la causa secundaria de todas las
cosas, así como el germen de su aniquilación
inevitable.

Howard tarda unos segundos en asimilar eso.

HOWARD
Es decir, que es creyente.

EDGAR
Digamos que creo en la existencia expansiva de una
entidad creadora que contiene, y perdone la
redundancia, toda la existencia en todos sus estados
habidos y por haber. Creo en la fragilidad de la
mente y en la oscuridad del alma. Pero no en las
religiones, que surgen simplemente del subterfugio,
el miedo, la codicia, la imaginación y la poesía.

HOWARD
Es un punto de vista osado, no se lo niego.

EDGAR
Muchas gracias.

*De repente, las luces vuelven a parpadear. Edgar y Howard se
ponen alerta.*

HOWARD
Oh, esto empieza otra vez.

EDGAR
Quizás alguien se ha ofendido por algo que dijimos.

La estructura cruje. Cae algo de polvo del techo.

Edgar y Howard miran hacia arriba. La sensación es aterradora.

HOWARD
¿Lo siente? ¿Siente el horror abriéndose paso hacia nosotros?

EDGAR
En toda su magnitud, se lo aseguro.

De repente, golpes de nuevo contra la puerta. Todas las luces se apagan excepto la que ilumina hacia la puerta, reforzando el efecto aterrador.

Los golpes cesan. Todo queda en suspenso.

EDGAR
Esperemos que tenga usted razón y solo se trate de una de sus abominables criaturas. ¿Conoce algún truco para ahuyentarlas?

HOWARD
Preferiría estar equivocado. ¿Conoce algún secreto para adormecer a los demonios del alma?

Unos golpecitos leves, como de uñas, se escuchan tras la puerta. Unos arañazos impersonales. Un gorgoteo espeluznante. Todo muy débil e inquietante.

EDGAR
Sea lo que sea lo que haya ahí afuera, me temo que es esencial encontrar una solución para esta situación tan terrible en la que nos encontramos.

HOWARD
¿Y qué podemos hacer?

EDGAR
No lo sé, mi querido Howard. No lo sé.

Finalmente, un golpe brutal en la puerta sobresalta a todo el mundo. Edgar y Howard gritan.

Todo queda a oscuras.

Acto II

Oscuridad. El sonido del viento, en el exterior.

La estancia está débilmente iluminada.

Una vela está encendida sobre la mesa. Es el único punto de luz en la habitación. A unos metros de ella, penumbra y oscuridad.

Howard y Edgar están sentados a la mesa, pendientes de lo que ocurre a su alrededor. Edgar consulta su reloj de bolsillo.

EDGAR
Llevamos ya una hora aquí encerrados.

HOWARD
Sin embargo, intuyo que el final de todo aún se hará esperar.

EDGAR
Opino lo mismo que usted. Todavía siento ese frío recorriendo mis huesos.

HOWARD
Aborrezco el frío. Es algo que no puedo soportar. Y parece que su manto se extiende sobre mí con algún oscuro designio.

EDGAR
Es una sensación terrible, y a su vez embriagadora.

HOWARD
Ahora mismo no concibo nada mejor que estar encerrado en la seguridad de mi habitación.

EDGAR
Yo también desearía estar en alguna otra parte, aunque soy consciente de que, por el simple hecho de no poder ser, estoy deseando un imposible. Me aterra pensar que esto no sea más que el preludio de la más terrible de las condenas.

HOWARD
¿Y por qué cree eso?

EDGAR
¿No ha pecado usted jamás, querido Howard?

HOWARD
Yo no creo en otra condena que no sea la de la mente, desbordada por el vértigo de un conocimiento inabarcable.

EDGAR
Parece que se ha levantado hoy de un existencialismo insoportable.

HOWARD
También tengo mis momentos.

Edgar se levanta, inquieto.

EDGAR
Maldita sea. Debe de haber algún trago de aguardiente
por aquí.

*Edgar da unos pasos alrededor, observando el lugar a través de
la penumbra. Parece nervioso.*

EDGAR
¡Mil demonios se los lleven a todos! A ver si va a tener
razón y esto no va a ser una taberna. ¡Si hay más
alcohol en un monasterio!
(Mira a Howard)
Aunque tengo que decirle que en ese mismo monasterio
del que hablo también hay más libros que aquí.

HOWARD
Es cierto, es un lugar bien extraño. Y aún así, todo esto
me es vagamente familiar.

EDGAR
¿Habla en serio?

HOWARD
Yo siempre hablo en serio.

EDGAR
Pues bonitos y lúgubres lugares frecuenta usted.

HOWARD
No crea. No tengo por costumbre adoptar hábitos
sociales, ¿sabe? La gente me molesta, por lo que
prefiero la tranquilidad que brinda la soledad.

EDGAR
Es usted, sin duda, una compañía de lo más singular.

HOWARD
Oh, no es nada personal. Hablo en términos generales.

EDGAR
Pero debe tener usted amigos.

HOWARD
Amigos… Sí, tengo amigos. Pero viven lejos, y visitarlos
me lleva mucho tiempo. Mantenemos esencialmente
contacto epistolar.

EDGAR
En el fondo es una buena manera de evitar a los idiotas y
los superficiales. No sé cómo estarán las cosas en el
lugar del que viene…

*Edgar no parece encontrar la palabra, y Howard puntualiza,
exaltado.*

HOWARD
Arkham.

EDGAR
Eso quería decir, pero Boston está lleno de cretinos.

HOWARD
(Ausente, como aquejado de una pasión comedida)
Arkham está lleno de sombras y misterios. Es una ciudad
embrujada, un lugar tan apasionante como maldito.

EDGAR

Vaya, menudo vendedor está usted hecho. No me extraña que no reciba muchas visitas.

Howard se queda un instante callado. Por un momento parece afectado por un recuerdo lejano.

HOWARD

Yo… no, tiene razón. Arkham no existe. No. Yo… yo soy Providence.

EDGAR

¿Está usted bien?

HOWARD

(Confuso)
No lo sé.

EDGAR

Lo digo porque tiene todo el aspecto de necesitar un sacerdote a su lado.

HOWARD

Estoy bien. No ha sido nada. Es sólo que… hay momentos en los que me siento extraño. Difuso. como si mi cuerpo no me perteneciera.

EDGAR

¿Usted también lo ha sentido? Yo pensaba que era cosa de la resaca.

Howard observa su entorno, atento.

HOWARD
Es este lugar, que respira algo ominoso. ¿No tiene la sensación además de que ha empequeñecido?

EDGAR
¿Cómo?

HOWARD
Fíjese bien. Juraría que antes había más espacio en este local.

EDGAR
(Mira a su alrededor)
Ahora que lo dice, creo que tiene razón. Esto era más espacioso antes.

HOWARD
¿Cómo es posible?

EDGAR
No lo sé, amigo Howard. La única explicación que se me ocurre es que hasta ahora hemos tenido una percepción equivocada del espacio.

HOWARD
Pero es una experiencia compartida. Dudo mucho que los dos nos hayamos equivocado con eso.

EDGAR
¿Y qué puede ser, si no? Es dudoso que el género humano logre crear un enigma que el mismo ingenio humano no resuelva. Y como puede ver, tanto usted y yo estamos bastante atascados al respecto.

HOWARD
Quizás se trate de un enigma de origen no humano. Y, claro, admitir la posibilidad de que este lugar tenga conciencia propia es una barbaridad.

EDGAR
Amigo mío, le diré que, cuando un loco parece completamente sensato, es que ha llegado el momento de colocarle una camisa de fuerza. ¿Acaso habremos llegado a ese punto?

Se produce un estremecimiento de la estructura. Un crujido lo envuelve todo. Luego, ese crujido se focaliza en la puerta, suavemente, como si alguien en el exterior la examinara.

Eso dura unos segundos. Luego, la calma sigue.

EDGAR
Vaya. Espero que eso no signifique que este lugar se ha propuesto de veras menguar. No podría soportarlo.

HOWARD
¿Padece usted de claustrofobia?

EDGAR
Entre otras cosas.

HOWARD
Yo también soy un campeón en coleccionar fobias. Me aterroriza experimentar algo que no consigo controlar ni entender.

EDGAR

Entonces deduzco que, como la mayoría de nosotros, vive usted en un mundo de terrores.

HOWARD

Muy agudo.

EDGAR

No me sobreestime. La oscuridad suele despertar en mi un impertinente exceso de creatividad, aunque negaré haber dicho eso.

HOWARD

En cualquier caso, tengo la sensación de que, sea lo que sea que haya ahí afuera, está valorando sus opciones.

EDGAR

Habla como si algún tipo de horror oculto nos estuviera acechando.

HOWARD

¿Y no se lo parece a usted?

EDGAR

Me lo parece, pero esperaba que tuviera un espíritu más tranquilizador que el mío.

HOWARD

Una mente enferma difícilmente congenia con una mente sana.

EDGAR

Ahora el agudo ha sido usted.

Howard se encoge de hombros, aceptando el elogio. Hay un momento de reflexión.

EDGAR
Me gustaría saber qué hemos hecho para encontrarnos en esta situación.

HOWARD
Es curioso que diga eso ya que, por mucho que intento pensar en mi vida, no consigo recordar nada con claridad.

EDGAR
Cierto. Este clima de irrealidad es muy llamativo. Y, sin embargo, las cosas no suceden porque sí. Yo...

Edgar se calla, afectado por una extraña sensación.

HOWARD
¿Se encuentra bien?

EDGAR
Sí. Es sólo que... por un momento me ha venido una imagen a la mente, ¿sabe? Una imagen bella en lo aparente, pero que ha provocado en mí una terrible desazón.

HOWARD
¿Qué era?

EDGAR
Una mujer muy joven. Hermosa, sonriente. Y pronunciaba mi nombre.

HOWARD
Probablemente, algún recuerdo que ha aparecido de manera fugaz. ¿Por qué le ha parecido turbador?

EDGAR
Porque esa señorita está muerta.

HOWARD
¿La recuerda?

EDGAR
No, no la recuerdo.

HOWARD
Entonces, ¿cómo puede saber eso?

EDGAR
Simplemente, lo he sabido. ¿No le parece extraordinario?

HOWARD
Bien pudiera tratarse de un recuerdo olvidado.

EDGAR
La mente esconde muchos misterios, cierto. Lo me inquieta es la razón por la cual esta visión ha venido a mi mente en este preciso momento. ¡Fíjese! Se me ha puesto la carne de gallina.

Le enseña el antebrazo a Howard, que parece pensativo al respecto.

HOWARD
¿Cree que tiene algo que ver con todo esto?

EDGAR
¿El qué?

HOWARD
La señorita que ha aparecido en su visión.

EDGAR
De existir algún tipo de relación, la desconozco. ¡Dios, cómo echo de menos un buen trago!

Edgar se sienta, nervioso. Hay unos segundos de silencio.

Howard, que estaba pensativo, es el primero en romperlo.

HOWARD
Oiga, yo… estaba pensando… en lo que ha dicho usted antes sobre la fragilidad del alma.

EDGAR
Sí.

HOWARD
Supongamos por un momento en que allí afuera hay algo esperándonos.

EDGAR
Fácil de suponer, me temo.

HOWARD
Sí, bueno. Lo que quería saber es si cree que, sea lo que sea que haya afuera puede nacer de nuestra propia conciencia.

EDGAR
¿Qué ocurre? ¿Se siente atraído por esa idea?

HOWARD
Quiero entender qué es lo que está generando esta
situación, y el por qué de esta terrible opresión en
nuestro ser.

EDGAR
Bien. En primer lugar, y como le dije, tengo la remota
esperanza de que, sea lo que sea lo que haya al otro
lado de esa puerta, le busque a usted y sólo a usted.

HOWARD
Agradezco su sinceridad.

EDGAR
No es nada personal. Pero, en respuesta a su pregunta, lo
que me resulta realmente aterrador es pensar que,
efectivamente, sean nuestros propios demonios los
que han venido a atormentarnos.

HOWARD
Nuestros propios demonios.

EDGAR
Eso es.

HOWARD
Entonces, y si no entiendo mal, usted sugiere que lo que
hay allí afuera pudiera no ser lo mismo para mí que
para usted.

EDGAR

Sólo digo que mis demonios, amigo Howard, no son los mismos que los suyos.

HOWARD

Muy cierto. Y la incertidumbre no ayuda. Más bien alimenta esta sensación de terror puro.

EDGAR

En parte, querido Howard. Analice la situación. Si bien es cierto que hay un punto de irracionalidad en todo esto, observe que el horror suele manifestarse a través de una serie de detalles que, en conjunto, conforman la puesta en escena para el más espantoso desenlace imaginable.

HOWARD

Parece que esté usted hablando de una ficción.

EDGAR

¿Y qué es la vida, sino una eterna ficción donde todos formamos parte de un elenco interminable?

HOWARD

Suena muy poético.

EDGAR

Amigo mío, podemos permitirnos una licencia poética, puesto que estamos teorizando. Pero incluso en este instante tan delicado seremos capaces de discernir la importancia de la disposición de los pequeños hechos en lo que hemos experimentado. Por ejemplo, ¿se ha fijado en la variación de la intensidad de las luces o en el crujido de toda esta estructura que se han producido como preludio a esos espantosos golpes? Y ahora, esta percepción variable del espacio.

HOWARD
La sugestión juega un papel muy importante en lo que está diciendo.

EDGAR
Por supuesto. Son elementos que, si se producen en el momento y en el orden adecuados, son capaces de generar, de por sí, un incomparable clima de terror. Y le pondré un ejemplo muy claro. Imagínese que se encuentra en su casa. Es de noche, y está completamente solo. Usted sabe que está completamente solo. Ha cerrado con llave y es del todo imposible que nadie pueda entrar sin que usted lo perciba. ¿Visualiza la situación?

HOWARD
Perfectamente.

EDGAR
Bien. Usted está sentado en su alcoba, o en su biblioteca, leyendo un libro a la luz de una lámpara. Está rodeado de un completo silencio. Bien, no un silencio absoluto, sino un silencio construido a través de los pequeños matices que lo componen. Ya sabe, un carruaje en la calle, un perro en la lejanía, el apenas perceptible tic tac del reloj de ébano que hay en un rincón de la sala, etcétera. En cualquier caso, es una situación confortable, cotidiana. La ha

experimentado muchas veces, y se siente perfectamente familiarizado con ella.

HOWARD
De acuerdo.

EDGAR
Lleva usted leyendo una media hora. Una lectura absorbente, quizás Keats, o algo de Hawthorne, si lo prefiere. Y, de pronto, siente usted una alteración de la atmósfera. Levanta los ojos de su lectura para prestar atención al entorno. Hay algo distinto. ¿Qué puede ser?

HOWARD
No lo sé. ¿Un frío repentino?

Edgar hace un gesto de negación con el dedo. Mira fijamente a Howard.

EDGAR
No. Obviemos cualquier detalle de corte sobrenatural. Y las ventanas están cerradas y nadie ha podido abrirlas sin que usted sea capaz de percibirlo, ¿recuerda?

HOWARD
Muy bien. Tiene que ser algo sencillo que ha alterado el ambiente. Un elemento turbador que irrumpe en lo cotidiano.

EDGAR
Sí. No tiene por qué ser algo inmediatamente obvio.

HOWARD
Por supuesto. Hay silencio. El tic tac del reloj.

EDGAR
Muy bien. El reloj se ha detenido. Usted casi no había reparado en él, ya que se trata de un sonido constante, se ha acostumbrado a él, y su presencia ya le pasa completamente desapercibida. Pero no así su ausencia. Y ahora, quizás por primera vez en mucho tiempo, el reloj se ha parado. Cosa extraña, pues usted le da cuerda todas las noches, metódicamente. Así que levanta la mirada de su libro y la posa en las manecillas del reloj, que marcan las doce en punto.

HOWARD
Una hora no escogida al azar.

EDGAR
Es una hora plausible. Podría haber sido cualquier otra, pero en este caso son las doce en punto y, claro, todo el mundo sabe que la hora que va desde las doce a la una pertenece a los muertos.

HOWARD
Sería un elemento turbador, no cabe duda.

EDGAR
Bien. ¿Qué hace usted? Lo más lógico sería suponer que deje su lectura a un lado y se levante para examinar el reloj. Después de todo, se sabe seguro en su casa.

Howard asiente con un gesto.

EDGAR
Lo hace. Coge su lámpara para disponer de la luz suficiente para llevar a cabo el cometido que tiene en mente y, al acercarse, un tablón cruje bajo sus pies. Es la primera vez que percibe ese tablón suelto, debe de ser algo reciente. Por sí solo no es un elemento extraordinario, pero en ese instante adquiere una relevante importancia.

HOWARD
Efectivamente.

EDGAR
Aún así, llega hasta el reloj y accede a su mecanismo. Se dispone a inspeccionarlo cuando, de pronto, siente una presencia detrás de usted, en una sala contigua que permanece en la más aboluta oscuridad.

HOWARD
Pero yo estoy solo en la casa.

EDGAR
Cierto, lo está. Pero la acumulación de esos pequeños detalles fuera de lugar han afectado su serenidad. Y ahora tiene la imperiosa necesidad de girarse para mirar detrás de su hombro. Los elementos se han confabulado para generar esa sensación de terror.

HOWARD
Y, ¿al girarme, veo algo?

El gesto de Edgar se vuelve enigmático.

EDGAR

No debería ver nada. De hecho, usted sabe que está solo en casa. ¿Por qué ha de temer lo que hay en la oscuridad, si sabe a ciencia cierta que no hay nada?

HOWARD

Una verdad absoluta.

EDGAR

Pero en este caso, usted sí ve algo. Y eso desata el horror en toda su magnitud.

HOWARD

¿Hay alguien más, pues, conmigo?

EDGAR

Lo que usted ve es a alguien, a quien no es capaz de identificar, que le observa desde la distancia, en la oscuridad de la sala contigua. Pero usted está solo. Se sabe solo, no ha escuchado entrar a nadie. Debido a eso, siente un escalofrío desde los pies hasta la cabeza, y el sobresalto le lleva a soltar la lámpara, que cae al suelo y se apaga.

HOWARD

Y ahora todo está a oscuras.

EDGAR

Negro como una noche sin estrellas.

HOWARD

Pensaba que habíamos excluido una explicación sobrenatural.

EDGAR

Cualquier tipo de explicación estaba excluida. Usted la considera porque necesita quizá una válvula de escape. Pero la sensación está ahí, es un hecho y una realidad. El terror ha surgido de la turbación del alma. Usted precisa de una justificación artificial para apaciguar a sus demonios, y por eso no repara en lo más obvio.

HOWARD

¿Y qué es?

EDGAR

Que lo que ha visto no es más que su reflejo en un espejo de la sala contigua.

HOWARD

Bien, eso es una explicación en sí misma.

EDGAR

Puede tomárselo como tal, pero entonces estará negando la esencia del terror verdadero, que en este caso podríamos resumir en una sencilla frase. ¿Por qué no se ha reconocido usted en el reflejo? Por supuesto, puede continuar buscando explicaciones al respecto, pero todo ello no hará nada más que evitar lo que es realmente importante. Piense en ello.

HOWARD

Sí, entiendo lo que dice, y me parece muy sugestivo.

EDGAR

Por supuesto que lo es. La mente humana es el lugar más oscuro de la faz de la tierra.

HOWARD

Entonces, permítame una suposición. Imagínese que ahora abriéramos esa puerta y dejáramos entrar lo que hay ahí afuera...

EDGAR

Mejor no, por Baco.

HOWARD

Es solo una idea. Imaginemos que dejamos entrar la entidad que nos aguarda allí fuera. Una vez revelado el misterio, ¿sentiríamos los dos la misma intensidad de terror?

EDGAR

Por supuesto que no. Lo que puede asustarle a usted puede provocar la risa en mí. Y viceversa.

HOWARD

Exacto. Pero eso es debido a que usted presupone que, sea lo que sea lo que haya ahí afuera, pertenece a este mundo. Es decir, asume la explicación de antemano, y luego se deja llevar por la experiencia. Y, claro, su experiencia y la mía son distintas. Tienen que serlo.

EDGAR

¿Y qué es lo que cree que hay ahí afuera, amigo Howard? Y no me diga que es un ser ingnominioso e indescriptible de origen sobrenatural.

HOWARD
¿Y por qué no?

EDGAR
Por dos razones. Primera, porque no existen seres de esa
naturaleza. Y segunda, por una simple cuestión de
semántica, en cierta manera relacionada con el
primer punto: no existe nada que no pueda
describirse con palabras. Y estoy seguro de que,
incluso si intentara describir la forma de vida más
grotesca y aberrante que pudiera imaginar, usaría las
mismas fórmulas que se han usado para describir a
figuras mitológicas tales como, por ejemplo, un grifo.

HOWARD
¿Un grifo?

EDGAR
Exacto. La prueba más fehaciente de que jamás ha
existido una criatura semejante es que no tiene
identidad por sí misma. Es un ser compuesto por
dos animales existentes en nuestra naturaleza: un
águila y un león. Así pues, un grifo es una criatura
fantástica, sin duda, pero que, por su misma
naturaleza fabulosa, no ha existido más que en la
limitada imaginación del ser humano.

HOWARD
Sí, pero hagamos un esfuerzo imaginativo y
consideremos, por un segundo, que lo que aparece
por esa puerta es algo que jamás ha visto antes.

EDGAR
Es difícil imaginar algo que no se haya visto antes.

HOWARD
¿Y quién se está imponiendo limitaciones ahora? Cuando
los romanos lucharon contra el general Pirro se
enfrentaron por primera vez a un elefante, criatura a
la que nunca habían visto hasta ese momento.

EDGAR
En efecto. Y les llamaron bueyes, puesto que necesitaron
racionalizarlo. Pero está hablando, y le recuerdo que
ha sido usted quien lo ha mencionado antes, de un
mundo antiguo, inexplorado, y que además se rige
por unas leyes naturales concretas. Hoy en día no
nos encontraríamos con limitaciones de ese tipo.

HOWARD
Quizá. Pero se olvida de que hay otros mundos en el
Universo.

EDGAR
¿Insinúa que lo que hay ahí fuera pudiera ser algún tipo
de ente del espacio exterior?

HOWARD
¿Y por qué no? Las leyes del tiempo y el espacio son
transmutables. Si hay vida en este planeta, es
perfectamente lógico pensar que haya vida en otros
lugares ahí afuera, ¿no cree?

EDGAR
Sí, es una apreciación razonable.

HOWARD

Ahora, imagine que esas otras formas de vida están dotadas de una inteligencia superior a la nuestra, quizás porque son mucho más antiguas, y han conseguido encontrar la forma de desplazarse hasta nuestro mundo.

EDGAR

Francamente, no creo que unas criaturas dotadas de una inteligencia superior perdieran el tiempo interesándose por nosotros.

HOWARD

Podrían hacerlo, al igual que nuestros científicos se interesan por las bacterias.

EDGAR

Vuelve a reducir a la humanidad a la más mediocre expresión. ¿Sabe? Cada vez me cae usted mejor.

HOWARD

Gracias. Volviendo al tema que nos ocupa, convendrá conmigo en que si existen otros mundos habitados, es probable que también existan formas de vida que se rijan por leyes o patrones distintos a los que rigen nuestro mundo, ¿no cree?

EDGAR

Es una suposición aceptable. Pero, más que una sensación de terror verdadero, eso despierta en mí un interés puramente científico. Y eso es debido a que todo esto parece muy lejano a la naturaleza humana.

HOWARD

Muy cierto. Pero esa curiosidad científica, ese afán por abarcar lo desconocido, es el primer umbral que conduce hacia la fatalidad.

EDGAR

Lo cual nos lleva, de nuevo, a explorar el terror a lo desconocido.

HOWARD

Exactamente. Y ahora soy yo quien va a ponerle un ejemplo que espero clarifique lo que digo.

EDGAR

Le escucho con gran interés.

HOWARD

Piense en una lluviosa tarde de invierno. El día es desapacible y frío y, como buen bostoniano, decide usted que va a quedarse en su casa, al calor de su chimenea y amparado por las posibilidades que le brinda su biblioteca.

EDGAR

Un entorno sugestivo. Espero que las lecturas también lo sean.

HOWARD

Precisamente, usted está buscando un buen libro para matar las horas, así que decide revolver entre aquellos ejemplares ubicados en los estantes menos frecuentados.

EDGAR
Suena razonable.

HOWARD
Mientras examina los volúmenes, repara en un libro que
usted no recuerda haber adquirido. Eso le llama la
atención ya que, quién más quien menos, todo el
mundo suele tener control sobre los libros que
incorpora a su biblioteca.

EDGAR
Control y cuidado.

HOWARD
Me alegro de que lo entienda, pues a ello vamos. La
cuestión es que, obviamente atraído por la
curiosidad, decide hojear ese libro. Se trata de un
ejemplar extraño, antiguo y de difícil lectura, repleto
de dibujos que no comprende y numerosas citas en
latín y árabe. Por lo general, usted lo habría
desestimado y, quizás, en función de sus
preferencias, lo hubiera lanzado al fuego sin ningún
tipo de remordimiento. Sin embargo, este volumen
desprende una fascinación en usted que le lleva a
sumergirse durante horas en su estudio.

EDGAR
Entiendo. ¿Y qué es lo que hay de apasionante en esas
páginas?

HOWARD
Por lo que usted acierta a comprender, el contenido del
libro habla de antiguas civilizaciones perdidas, de

seres primigenios que habitaron la Tierra mucho antes de que naciera cualquier otra forma de vida, y otros secretos arcanos que usted consideraría fantasías.

EDGAR
Y probablemente así sería.

HOWARD
Probablemente. Sin embargo, en cuanto comienza con la lectura de tan sugestivo volumen, empieza a tener visiones e ideas inquietantes.

EDGAR
Sigue siendo fantasía para mí.

HOWARD
No sea impaciente. Esa lectura despierta en usted extraños recuerdos olvidados. Cree que son tonterías, porque todo el mundo tiende a relativizar lo que no entiende. Así pues, no le da más vueltas y continúa con su rutina diaria.

EDGAR
Hasta ahora, nada particularmente extraordinario.

HOWARD
Esto es porque lo extraordinario viene a continuación. Durante los siguientes días se produce algo inusual. Se sorprende a usted mismo volviendo una y otra vez a algunos pasajes de ese libro. Y no sólo eso. Los visualiza perfectamente, como si ya hubiera estado en los lugares que se mencionan en él.

EDGAR
¿Se refiere a una sensación de Déjá Vu?

HOWARD
Algo parecido, pero de lugares en los que no ha estado
jamás. Lugares inexplorados, con texturas y
composiciones geométricas que jamás ha visto antes.

EDGAR
Muy bien.

HOWARD
Son recuerdos vívidos, que le parecen casi reales. Por
supuesto, intenta racionalizarlos para, como bien
dice, calmar su psique. Y enseguida, quizás uno o dos
días más tarde, comienza a invadirle la sensación de
que, desde esos mismos recuerdos, está usted siendo
vigilado.

EDGAR
Tengo que admitir que ése es un punto turbador para el
alma.

HOWARD
Sí, y entiendo que argumentará que la disposición de los
elementos propicia la autosugestión. Pero es tácito
afirmar que ningún tipo de racionalización, reforma
o psicoanálisis freudiano puede anular por completo
el estremecimiento que produce un susurro en un
rincón de la chimenea, en un bosque solitario o la
sensación de unos ojos invisibles que le observan
desde las sombras.

EDGAR

Aunque comprendo muy bien lo que dice, sepa que tiene una manera muy graciosa de explicarse. Ahora bien, ¿a qué sugiere usted que se debe este estremecimiento irracional por lo desconocido? En el fondo, no deja de ser una idea intelectual, abstracta.

HOWARD

Yo creo que aquí interviene una pauta o tradición psicológica tan hondamente arraigada en nuestra experiencia mental como cualquier otra pauta o tradición humanas. Una especie de huella profundamente inserta en nuestra herencia biológica.

EDGAR

Ajá.

HOWARD

Los primeros instintos y emociones de nuestros ancestros asociaron placer y dolor con aquellos fenómenos que les eran conocidos, mientras que todo aquello que escapaba de su comprensión tejió interpretaciones maravillosas, personificaciones o el propio sentimento de terror.

EDGAR

No hace falta que siga convenciéndome de esto. Entiendo perfectamente de lo que habla. Los sueños han aportado su granito de arena en la concepción de un mundo irreal, y con eso llegaremos al por qué de las supersticiones, las religiones y demás patrañas adormecedoras de la razón.

HOWARD
Totalmente de acuerdo. Ahora bien, deje que reconecte esto con la situación que le estaba exponiendo.

EDGAR
Por favor.

HOWARD
Usted siente que alguien le observa. Es una sensación visceral que se acentúa cada día sin que pueda usted sorprender a nadie inmerso en tal actividad. Sin embargo, siente una presencia abriéndose paso hacia usted, algo que cada día parece estar más cerca.

EDGAR
Inquietante.

HOWARD
Llegados a este punto, ¿qué haría usted?

EDGAR
Bien, supongo que querría saber qué es lo que está pasando, claro.

HOWARD
Lo mismo pienso yo. Es una reacción natural, por mucho que aceptemos que eso no hará que la sensación de terror desaparezca. Entonces, ¿cómo lo hacemos?

EDGAR
A través de un breve ejercicio de reconstrucción sería fácil deducir que todo ha comenzado tras la lectura de tan misterioso volumen.

HOWARD

Efectivamente, usted vuelve a sumergirse en el estudio de ese extraño volumen en su biblioteca. Busca respuestas. Es una reacción natural y muy humana. Y entonces, y para su sorpresa, descubre que la escritura plasmada en esas páginas es ahora completamente inteligible para usted.

EDGAR

¿He adquirido conocimientos nuevos?

HOWARD

¿Qué le parecería si le dijera que siempre ha tenido esos conocimientos, pero permanecían ocultos en lo más profundo de su mente?

EDGAR

Un conocimiento ancestral impreso en la mente humana. Es una idea fascinante, no se lo niego.

HOWARD

Una idea que bien pudiera tener una base científica, de acuerdo, pero que adquiere matices terroríficos cuando lo que se pone en cuestión es nuestra propia identidad.

EDGAR

Ya veo por donde va.

HOWARD

Las horas pasan, y usted siente esa presencia acercándose. La siente abriéndose paso a través del tiempo y el espacio. No puede racionalizarlo, puesto que no lo comprende. Y no puede acudir a nadie, porque teme que vayan a declararlo loco. ¡Si ni siquiera sabe cómo va a explicarlo! Está totalmente solo, afectado por una presión, y eso le lleva a tomar una decisión terrible.

Edgar espera la resolución de la narración de Howard.

HOWARD
Se pega un tiro en la cabeza.

Edgar se queda boquiabierto, sorprendido por un final inesperado.

EDGAR
(maravillado)
¡Dispararse en la cabeza!

HOWARD
Piense en ello. Una presencia que no puede explicar y que siente cómo se le acerca, de día y de noche. Es una sensación que a cada minuto que transcurre siente más cerca. No puede dormir, no puede hacer otra cosa que pensar en ello, a todas horas, en todo instante. Y la espera es insoportable.

Edgar aún está asimilando lo del disparo en la cabeza.

EDGAR
Amigo Howard, eso es una genialidad. El impulso más básico del ser humano es la supervivencia. Que la mente humana sobrepase el límite de lo que puede soportar hasta el punto de contradecir los instintos

más primarios debe de ser, sin duda, una experiencia digna de ser narrada.

HOWARD

En mi opinión, no hay nada peor que ser consciente de la locura de uno mismo.

EDGAR

Yo creo que el verdadero loco no es consciente de su estado. Y eso es precisamente por lo que lo considero algo aterrador.

HOWARD

¿No ha sentido jamás vértigo, amigo Edgar?

EDGAR

Quien no haya sentido jamás vértigo miente.

HOWARD

Es una sensación irracional que se produce cuando mira hacia un abismo de unos metros, sean cinco o sean un centenar. No importa si es un espacio abierto, o si se encuentra bien seguro tras unos barrotes; la distancia con la familiaridad del suelo, que al fin y al cabo es lo que nos otorga seguridad, es la causante de todo esto.

EDGAR

Mientras mayor sea la distancia, más intensa es la sensación.

HOWARD
En efecto. Ahora bien, ¿ha sentido alguna vez el vértigo que nace en nuestro interior al levantar la mirada durante una noche estrellada y observar el cielo? No un momento, no. Durante un rato, habiendo dejado volar la imaginación, cuando uno empieza a pensar en ello y se da cuenta de que entre nosotros y esa estrella brillante de ahí, situada a millones de kilómetros de distancia, no hay absolutamente nada.

EDGAR
Si lo que quiere decir con eso es que no somos nadie, le diré que he sentido esa misma sensación mirándome en el espejo, a los ojos y durante un buen rato, iluminado a la luz de una lámpara. ¿Cuanto diría que se tarda en no reconocerse a uno mismo en el espejo?

Howard mira a Edgar, curioso. Éste parece pensativo.

HOWARD
¿Cuál es su mayor miedo, amigo Edgar?

EDGAR
¿Cree usted que éste es el entorno adecuado para hablar de eso?

HOWARD
Desde que esta situación ha empezado no hemos parado de hablar de otra cosa.

EDGAR
Tiene razón.

Edgar no responde aún.

HOWARD
¿Y bien?

EDGAR
Creo que lo peor en este mundo es ser enterrado vivo. ¿Se imagina la situación? Despertar una mañana para descubrir que se encuentra uno a dos metros bajo tierra, sin posibilidad alguna de que alguien pueda ayudarle.

HOWARD
Espeluznante, sin duda.

EDGAR
¿Y para usted? ¿Cuál es su miedo más profundo?

HOWARD
Creo que no hay nada tan terrorífico para el espíritu humano que una dislocación del tiempo y del espacio.

EDGAR
¿Eso cree?

HOWARD
Sí. Que una ley cósmica que creemos inmutable sea transgredida o violada tiene que ser, forzosamente, la puerta de entrada a una auténtica pesadilla.

EDGAR
¿Y a qué piensa que es debido?

HOWARD
¿El qué?

EDGAR
Sus miedos. Mis miedos.

HOWARD
Creía que los motivos no eran importantes para usted.

EDGAR
Dije que los motivos no eran determinantes para sentir.
Pero no creo en absoluto que no sean importantes.
De hecho, creo que lo son, sin duda.

HOWARD
No lo sé, supongo que tiene razón.

EDGAR
Por ejemplo, le confesaré que también me inquieta la
deshumanización de lo familiar, aunque quizás desde
otra perspectiva. Este capitalismo de nuestros días
que todo lo absorbe me parece algo así como la
antesala del fin del mundo.

HOWARD
¿Y eso le parece aterrador?

EDGAR
Sí, ya que me temo que llegará un día en que el calor
humano desaparezca; en que la gente se comporte
como máquinas programadas. Es más, en que llegue
el día en que todo el mundo se comunique entre sí a
través de máquinas. El día en que eso llegue, la raza

humana merecerá el exterminio que se extiende hacia ella.

HOWARD
Por un instante me ha venido una terrible imagen a la cabeza.

EDGAR
Compártala, por favor.

HOWARD
He visto un mundo en el que la raza humana se había extinguido por completo. Pero esas máquinas a las que usted se ha referido continuaban funcionando, y seguían comunicándose entre ellas.

EDGAR
Los seres humanos hablando entre sí después de haber muerto. ¿Puede imaginarlo?

HOWARD
Con una claridad atroz.

EDGAR
En mi caso... creo que esto se debe a una infancia errática, ¿sabe? No recuerdo a mis padres, pero sí recuerdo una infancia compleja e itinerante.

HOWARD
Mi padre estaba loco.

EDGAR
¿Lo estaba?

HOWARD
(Sorprendido por lo fácil que ha salido su recuerdo)
Sí, yo… era un niño enfermizo. Crecí rodeado de
mujeres. Y… creo que lo hice muy alejado de la
realidad.

EDGAR
¿Lo ve? Era usted enfermizo. Y no dudo que también fue
un niño muy imaginativo.

HOWARD
Recuerdo haber tenido un pánico atroz al pescado.

EDGAR
¿El pescado?

HOWARD
Las criaturas marinas en general. Los pulpos, con esos
horribles apéndices, son algo que nunca he podido
soportar.

EDGAR
Vaya. Espero que no creciera en una localidad costera.
Sus ingestas debían ser una experiencia de lo más
penosa.

HOWARD
También tengo pavor a la corrupción de la herencia, las
enfermedades de la sangre. Y… al hecho de volverse
loco.

EDGAR

Tiene sentido. Yo encuentro pavorosos algunos impulsos primarios e irracionales, como el demonio de la perversidad. Esa pulsión que nace en el corazón de toda persona y que le insta a hacer cosas que jamás haría en sus cabales, a veces incluso a cometer actos terribles.

HOWARD

Un impulso irracional. Fascinante. Y no deja de ser una variante de la locura.

EDGAR

A su modo. La incapacidad de conocerse a sí mismo es tan fascinante como aterradora.

HOWARD

¿Y qué me dice ser el último hombre vivo de la Tierra?

EDGAR

Insoportable. ¿Y mirarse al espejo para descubrir que su reflejo ya le estaba mirando?

HOWARD

Sólo pensarlo me pone la piel de gallina. ¿Y ser consciente de estar siendo devorado vivo?

EDGAR

Ésa debe ser una experiencia no sólo aterradora, sino también muy dolorosa.

HOWARD

Sí, supongo.

En ese instante vuelve a producirse un crujido estremecedor de la estructura.

Edgar y Howard se ponen alerta.

HOWARD
Ha vuelto.

EDGAR
(Chistea, le hace callar)
Tschh.

Escuchan. Unos pasos arrastrados, húmedos y no del todo orgánicos se escuchan más allá de la puerta.

EDGAR
Son pasos. Alguien se acerca.

HOWARD
A mí no me parecen pasos. Más bien me sugiere algo así como… como un paño mojado. Apéndices supurantes y sanguinolentos.

EDGAR
No empiece otra vez con sus excesos gráficos.

HOWARD
Esto es la versión amable de lo que tengo en mente.

EDGAR
Quizás no son más que ropas mojadas, arrastrándose por el suelo.

HOWARD
No escucho lluvia. ¿Por qué iban a ser ropas mojadas?

EDGAR
No lo sé. Es lo que me parece.

Siguen escuchando. El sonido es envolvente y confuso.

HOWARD
Sea lo que sea, debe ser grande.

Suenan de nuevo los golpes contra la puerta.

Edgar y Howard retroceden, apartándose de ella.

Hay un momento de silencio.

De repente, los postigos de las ventanas se abren de par en par.

HOWARD
¡Las ventanas!

Edgar corre hacia ellas y las cierra, asegurándolas.

Otro crujido lastimero de la estructura.

Unos instantes después, silencio.

Edgar y Howard permanecen tensos. Se percibe, a través de un efecto de sonido, una especie de eco que se aleja.

HOWARD
Lo que no entiendo es cómo eso no ha entrado aquí
todavía. Estas paredes no deberían suponerle ningún
obstáculo.

EDGAR
Es una buena pregunta, y uno de los motivos principales
que lleva a preguntarme por la naturaleza de esta
experiencia.

HOWARD
¿Qué quiere decir?

EDGAR
Tal y como lo veo, hay dos perspectivas en todo esto.
Una, la que usted postula, se basa en los mecanismos
de la espera, aquella que dice que una entidad de
naturaleza ominosa nos acecha con alguna oscura
finalidad. Por otra parte, yo sostengo una teoría que
se articula sobre la confirmación de un estado de
terror manifiesto desde el primer instante, un terror
que nace de los demonios de nuestra propia mente.

HOWARD
Muy bien. ¿Y cuál de las dos posturas va a otorgarnos
una solución?

Edgar piensa durante unos instantes.

EDGAR
No lo sé, amigo Howard. Quizás estemos estudiando la
situación desde un prisma equivocado.

HOWARD
¿Por qué dice eso?

EDGAR
Porque estamos abordando esto desde una perspectiva muy cerebral, condicionada por las circunstancias.

HOWARD
No veo cómo no íbamos a actuar condicionados por estas circunstancias.

EDGAR
¡Ah, es usted muy agudo, amigo Howard! Ser capaz de proyectar sentido del humor en un momento así es una cualidad que realmente aprecio.

HOWARD
Muchas gracias. Pero ahora respóndame, ¿cómo no vamos a actuar condicionados por lo que ocurre a nuestro alrededor?

EDGAR
No podemos, amigo Howard. Y he ahí el por qué de este estado de terror desatado. Quizás nosotros mismos seamos la fuente de esta situación.

HOWARD
Qué quiere que le diga, a mí me parece de lo más real.

Se escucha un leve crujido, éste mucho más claro y perceptible que los anteriores. Es como si alguien hubiera movido de sitio un mueble pequeño.

Edgar y Howard se callan y permanecen alerta.

EDGAR
¿Lo ha oído?

HOWARD
Sí, eso ha sonado dentro de este lugar. ¿Desde abajo, quizás?

EDGAR
Debe de haber una entrada por el sótano. Estábamos tan absortos en lo nuestro que se nos ha pasado revisarla. ¡Dios, qué estúpidos hemos sido!

HOWARD
Pero no veo ninguna escalera de acceso al sótano. ¿Está seguro?

EDGAR
¿Qué otra explicación puede darle?

HOWARD
Dios mío.

Edgar y Howard revisan el lugar, palpando paredes y buscando detrás de cortinas.

HOWARD
Me reafirmo. No hay ningún acceso a un sótano.

EDGAR
Y, sin embargo, tiene que haberlo. Todo el mundo tiene un sótano. No sé por qué aquí va a ser distinto.

HOWARD
¿Se ha fijado? ¿Soy yo, o este lugar ha empequeñecido todavías más?

EDGAR
Tiene usted razón. ¡Cielo santo! ¡Este lugar acabará siendo nuestra tumba!

Se escucha un leve ulular. Otro crujido.

EDGAR
Oh. Definitivamente, eso ha sonado aquí dentro.

HOWARD
¡Escuche!

Se escuchan unos pasos húmedos, como si algo se acercara. Es un sonido leve, apenas perceptible, pero muy inquietante.

EDGAR
Algo se acerca a nosotros.

HOWARD
Es imposible. ¿Cómo ha podido entrar?

EDGAR
Debe de haber algúna cámara oculta que hayamos obviado.

Miran hacia las paredes, asustados. No hay entradas visibles.

HOWARD
¡Siento como se acerca!

EDGAR
¡Yo también! Pero, ¿por dónde?

HOWARD
No lo sé.

Se escucha de nuevo un crujido entero de la estructura.

HOWARD
¡Escuche eso!

De repente, todo queda en silencio. Las luces se apagan.

HOWARD
¡Dios! ¿Ha sido usted?

EDGAR
¡No! Espere un segundo.

Un instante despues, una cerilla se enciende.

Es Edgar, que ha vuelto a encender la vela. Todo es muy lúgubre, oscuro. No se ve nada a dos palmos de ellos.

Edgar y Howard respiran agitadamente.

EDGAR
(En voz baja, aterrado)
Está aquí dentro, con nosotros.

HOWARD
(También en voz baja, e igualmente aterrado)
¿Dónde?

EDGAR
Ahí delante, en esta misma sala.

HOWARD
No puedo ver nada.

Se escucha un aleteo en la sombra. ¿El aleteo de un cuervo? Parece como si un pájaro de gran tamaño posara sus patas sobre una superficie de piedra.

EDGAR
(Más aterrado aún, susrrando)
¡Dios mío! ¡Está ahí! Ha venido a buscarme.

HOWARD
¿Quién?

EDGAR
¿No lo ve? Es el peor demonio de todos los que habitan entre nosotros, pobres mortales. Un recuerdo grabado a fuego en mi mente. Una experiencia dolorosa condenada a repetirse para toda la eternidad. ¿Hay algo más aterrador que eso, amigo Howard? ¿Hay algo peor que la soledad profanada por un terrible recuerdo?

Howard le observa en segundo plano.

EDGAR
(Enfrentándose a las sombras)
¡No dejes pluma negra como prenda de tu mentira! ¡Aparta tu pico de mi corazón y deja mi soledad

intacta! ¡Tú, maldito demonio de ojos imposibles! ¿No te es suficiente con habérmela arrebatado?

Edgar sucumbe. Howard se abalanza sobre Edgar, calmándolo.

HOWARD
¡No se rinda, Edgar!

EDGAR
¿No lo entiende? Mi alma está atrapada bajo esta sombra infernal. ¡Para toda la eternidad!

Vuelve a escucharse el sonido de unas alas. Edgar se agazapa, cubriéndose la cabeza.

EDGAR
¡No!

Howard se incorpora y agita los brazos.

HOWARD
¡Atrás! ¡Seas lo que seas, vuelve del infierno del que has salido! ¡Atrás!

Un golpe brutal sobresalta a todos. Howard se acurruca junto a Edgar. Los dos permanecen sentados en el suelo.

Hay unos instantes de silencio. Edgar parece haberse recobrado un poco.

EDGAR
¿Cree que hay alguna esperanza?

HOWARD

No sé qué decirle. La situación es fuera de lo común, desde luego.

EDGAR

No me refiero a eso. Me refiero a si hay alguna esperanza para un miserable como yo.

HOWARD

Tampoco sé responderle a eso, si le digo la verdad. Mi concepción del infierno no es algo agradable en lo que pensar.

EDGAR

Debe usted haber sufrido mucho, amigo Howard.

HOWARD

No menos que usted, por lo que parece. ¿Quién era ella?

EDGAR

Un suspiro marchito en un océano de tiempo. Otrora bella, ahora putrefacta bajo la tierra. La vida tiene estas cosas.

HOWARD

Cierto.

EDGAR

¿Ha estado usted casado? ¿Afectado por la locura del amor verdadero?

HOWARD
Yo... no tengo un recuerdo especialmente memorable en
cuanto a relaciones sentimentales se refiere.

EDGAR
Oh, no sabe usted la suerte que tiene.

HOWARD
¿Me considera afortunado por eso?

EDGAR
Siguiendo su lógica, lo es usted del mismo modo en que
lo es el ignorante que desconoce lo que escapa de su
experiencia.

HOWARD
Oh.

EDGAR
¿Sabe? Estoy pensando que quizás éste es el motivo por
el que estamos en este lugar.

Howard le mira, sin comprender.

EDGAR
Por ser quienes somos. O por quienes estamos
destinados a ser.

HOWARD
¿Cómo puede ser eso? Ni siquiera sabemos cómo hemos
llegado a este sitio.

EDGAR

Usted mismo lo ha sugerido antes. Una dislocación en el tiempo y el espacio. Estará de acuerdo conmigo en que este lugar pertenece a algún remoto lugar, cerca de lo que nosotros conocemos.

HOWARD

Cierto. Y que sugiere, ¿que estamos muertos y esto es una especie de purgatorio?

EDGAR

No, no lo creo. Eso sería un recurso de mal escritor. Una salida fácil a algo mucho más complejo, ¿no cree?

HOWARD

Sí. Si fuera usted escritor, ¿qué explicación daría a todo esto?

EDGAR

Si fuera escritor... probablemente describiría esto como parte de un sueño. Un lugar escondido en lo más remoto de nuestra mente, un estado mental donde nuestras pesadillas se vuelven tangibles, y nuestros temores cobran vida.

HOWARD

¿Un sueño?

EDGAR

Sí. Un sueño como entorno real, no como explicación racional.

HOWARD

Si yo fuera escritor describiría esto como algo parecido: una dimensión paralela a la que hemos ido a parar mediante algún tipo de truco arcano.

EDGAR

¿Y hay punto de retorno de esa dimensión paralela?

HOWARD

Me temo que no en la misma condición de partida.

Edgar asiente, comprendiendo.

HOWARD

Y de su sueño, ¿que sucede cuando se despierta?

EDGAR

Querido amigo. ¿No se ha dado cuenta de que todo lo que vemos o sentimos no es más que un sueño dentro de un sueño?

Howard es el que asiente ahora. Se incorpora, mirando alrededor. Edgar le observa.

HOWARD

A veces escucho voces, ¿sabe? Cuando estoy despierto. O cuando creo estar despierto. Y esas voces me llevan a pensar en mis padres.

EDGAR

Sus padres…

Howard adopta un semblante distante.

HOWARD
Sí, ahora lo recuerdo. ¿Sabe? No somos tan distintos, usted y yo. Sus padres murieron, y usted tuvo una infancia errática. Yo... no fui más que el hijo sobreprotegido de unos padres locos. Mi madre... me tuvo aislado del mundo, encerrado en mi habitación hasta los veinte años. Mi única vía de escape era viajando a... a Arkham.

Howard parece entrar en trance. Mira hacia la ventana, como si sintiera una presencia afuera.

Él sostiene la vela, así que Edgar se queda en la penumbra.

HOWARD
Ellos sabían que yo no pertenecía a ese mundo. Lo sabían, e intentaron por todos los medios terminar conmigo. Yo...

Hay una pequeña pausa. Howard tensa su cuerpo.

HOWARD
(Con voz cavernosa)
N'gai n'gaa, y'hai y'haa.

EDGAR
¿Se encuentra bien?

HOWARD
Sh'gai nog Azazoth y'hai n'gaa.

La voz de Howard asciende en un crescendo mesmerizante.

Edgar se acerca a Howard.

EDGAR
¿Howard?

Cuando Edgar toca el hombro de Howard, éste salta profiriendo un grito, sobresaltado. Edgar también se sobresalta.

HOWARD
(Grita)
¡Ah!

EDGAR
¡Demonios!

Howard jadea, respirando fuerte.

EDGAR
¿Está usted bien?

HOWARD
Yo... no lo sé. He sentido la llamada de algo que no puedo explicar.

Se produce otro crujido de la estructura. El sonido es aterrador.

Edgar y Howard permanecen muy juntos, iluminados por la vela. Estan asustados.

EDGAR
Si no fuera imposible, diría que este lugar está vivo. ¿No le parece que palpita y respira?

HOWARD
Como un ente vivo que pretende devorarnos.

EDGAR
¿Sabe? Cuando salgamos de aquí le invitaré a una copa.
Tiene que probarlo. Y brindaremos por este día.

HOWARD
Por muy convincente que se muestre, no creo que usted
sea más elocuente que mi organismo.

EDGAR
Su organismo es un especialista en aguar fiestas. ¿Lo
sabía?

HOWARD
Sin embargo, aceptaría encantado a invitarle yo a esa
copa.

EDGAR
Es usted muy amable. ¿Conoce algún buen lugar para
eso?

HOWARD
La verdad es que no.

EDGAR
(Sonríe)
Estoy seguro de que será una experiencia memorable.
¿Cuándo cree que podemos citarnos para tan
singular evento?

HOWARD

Oh, en cuanto salgamos de aquí estoy convencido de que no tendremos problema en concretar un día. Porque, saldremos de aquí, ¿verdad?

EDGAR

Oh, claro. De un modo u otro saldremos. Sólo tenemos que abrir la puerta y dar unos pasos.

HOWARD

Parece razonable.

EDGAR

Sí, y hasta cierto punto fácil. No vamos a quedarnos aquí dentro para toda la eternidad. Dentro de poco, esto no será más que una caja de zapatos.

HOWARD

Tiene usted razón. Y, sin embargo, tenía la esperanza de que esa niebla se disipara, y quizás apareciera el sol, y cantaran los pájaros.

EDGAR

Eso sería fantástico, no se lo niego. Un poco cursi, pero fantástico.

La estructura vuelve a crujir. Edgar y Howard, en el centro de la habitación, observan a su alrededor. Un aire de fatalidad pesa sobre ellos.

EDGAR

Pero me temo que eso no va a pasar. La página en blanco no se escribe sola, ¿sabe?

HOWARD
Quizás todo esto no sea más que una pesadilla, a fin y al cabo.

EDGAR
Las pesadillas no son sueños.

HOWARD
Bien, sólo hay una manera de saberlo.

Hay una pausa de reflexión.

EDGAR
(Suspira)
Está bien. Sea lo que sea lo que pase, quiero decirle que ha sido un placer conocerle, amigo Howard.

HOWARD
Lo mismo digo. Aunque, repito, tengo la sensación de haberle conocido antes. ¿Es posible?

EDGAR
(Piensa)
Creo que no. Al menos, no en esta vida.

Se incorporan.

HOWARD
Qué extraño. Y sin embargo, todo esto me es vagamente familiar.

EDGAR

Quizás no debería esforzarse en recordar. Si nuestras mentes han creado este bloqueo debe de ser por un motivo más que justificado.

Se dirigen a la puerta. Se miran. Edgar la abre.

Desde el exterior entra una niebla luminiscente.

No ocurre nada.

EDGAR

Está bien. Supongo que a la muerte hay que enfrentársele con valor, y luego se le invita a una copa.

HOWARD

No puede morir lo que yace eternamente. Adelante, pues.

Edgar y Howard estrechan sus manos.

EDGAR

Usted primero.

HOWARD

Muy amable.

EDGAR

Y abríguese bien, que hace frío.

Howard se abriga todo lo que puede.

HOWARD

Gracias.

Howard sale al exterior. Edgar echa un vistazo hacia el interior, apaga la vela y sale al exterior, cerrando la puerta tras de sí.

Todo queda a oscuras.

NOTAS

PÁGINA 17

Aquí hay una referencia al poema *The raven*, de Poe, escrito en 1845: «Tis is the wind and nothing more». *The raven* es quizá el poema más popular de Edgar Allan Poe, y todo un referente dentro del denominado romanticismo oscuro. En su ensayo *The philosophy of composition*, no obstante, Poe argumenta que la genesis poética y los artificios retóricos de *The raven* están lejos de una intención puramente romántica, y obedecen más a un premeditado esquema de algebra matemática compositiva.

PÁGINA 19

De nuevo, otra referencia al poema *The raven*: «Surely that is something at my window lattice; / Let me see, then, what thereat is, and this mystery explore».

PÁGINA 21

En *Edgar y Howard en las Tierras del Sueño*, ambos personajes no son plenamente conscientes de quiénes son, ni de su realidad. Que Howard recuerde vagamente a Edgar es una licencia que me he tomado para plasmar la influencia que Poe ejerció sobre Lovecraft como autor. Es un homenaje que trasciende las reglas del juego.

La embrujada ciudad de Arkham que menciona Howard es un lugar ficticio creado por Lovecraft en el que ambienta muchos de sus relatos —algo así como Castle Rock para Stephen King—. Arkham está ubicada en Massachussets, y podría corresponderse con la real Salem, aunque ésta también aparece mencionda como tal en su obra.

Poe nació el 19 de enero de 1809 en Boston, Massachussets.

PÁGINA 23

La soledad, entendida como la ausencia de alguien querido tras su muerte, era uno de los temas que más desasosegaban a Poe. Algunos de sus personajes más memorables viven aislados y atormentados por el recuerdo de su amada muerta, o de un pasado que ya no volverá. Otros son personajes alienados, que están solos en compañía, y que se ven afectados por los terrores de su propia mente.

PÁGINA 25

En esta página se hace referencia a la muerte de Poe, la cual sigue siendo un misterio. Una de las teorías más sólidas asegura que fue captado por un grupo de agentes electorales, quienes probablemente desconocían de quién se trataba, y fue arrastrado a través de varios puestos electorales para que votara varias veces al mismo candidato —una práctica común en la época, denominada *cooping*—. Para reducir la resistencia de los «captados» se les obligaba a beber alcohol, o incluso a ingerir estupefacientes, y luego eran abandonados a su suerte. Poe apareció delirando en un callejón el 3 de octubre de 1849 en Baltimore, Maryland. Quizá todo esto repercutió en su ya afectada salud, probablemente como consecuencia de antiguos episodios de alcoholismo. Murió cuatro días más tarde en el Church Home and Hospital de Baltimore.

PÁGINA 26

Aquí se hace referencia a la muerte de Lovecraft. El autor de *The Dunwich horror* fue una persona de salud muy frágil, lo que contribuyó, junto a otros aspectos, a fomentar sus tendencias reclusivas que derivaron en una personalidad presuntamente asocial. Murió el 15 de marzo de 1937 en el Hospital Jane Brown Memorial de Providence, Rhode Island, de cáncer intestinal y unas complicaciones derivadadas de una insuficiencia renal grave.

Lovecraft padecía de terrores nocturnos, que son una enfermedad del sueño en la que los durmientes gritan o se mueven espasmódicamente para escapar de unos sueños muy reales. Lovecraft empezó a sufrirlos desde muy niño, con seis años, y en ellos aparecían los Ángeles descarnados de la noche, unos seres alados que más tarde aparecerían en su obra como servidores del dios exterior Nodens, uno de los pocos dioses dentro del panteón lovecraftniano que no es abiertamente hostil contra la humanidad.

PÁGINA 27

La referencia al mundo de los sueños no es casual. Tanto Poe como Lovecraft tienen sus propias «Tierras del sueño» en su obra: el poema *Dreamland*, de Poe, o las Dreamlands de Lovecraft, un vasto universo paralelo al que solo puede accederse en sueños y que aparece en el ciclo de Randolph Carter y en sus relatos oníricos. Como curiosidad, añadir que algunos miembros de lo que se denomina «el círculo de Lovecraft», como Clark Ashton-Smith, Robert E. Howard o Lin Carter, hablan del reino perdido de Thule, que aparece también mencionado en el poema de Poe.

PÁGINA 30

Suele considerarse a Poe como uno de los precursores del denominado romanticismo oscuro, un subgénero literario surgido del trascendentalismo, aunque no compartía del todo sus ideas. La obra de Poe explora, en su mayor parte, la psicología humana y los impulsos de autodestrucción y perversidad. Incluso sus relatos humorísticos destilan un marcado escepticismo, y es extraño encontrar pasajes optimistas más allá de algunos casos aislados.

PÁGINA 31

El detalle de las puertas que se comban está tomado de la película *The haunting*, dirigida por Robert Wise en 1963, basada la novela *The haunting of the hill house* de Shirley Jackson. Es quizá una de las escenas cinematográficas, sino la escena, que más me aterrorizó cuando era niño.

PÁGINA 34

La relación entre Poe y el alcohol no está exenta de controversia. Por lo general, muchos le atribuyen la cualidad de alcohólico, lo cual, según una perspectivamente puramente médica, podría ser cierto. Sin embargo, parece que sus flirteos con el alcohol fueron más bien interminentes, con días intensos sumergido en la bebida para pasar luego períodos largos, incluso de años, de abstinencia. Sus detractores se encargaron, no obstante, de otorgarle esa mala fama, y parte de ella ha trascendido con los años. Es el caso, por ejemplo, de Thomas Dunn English (1809-1902), uno de sus más sonados enemigos literarios, que se inspiró en él para crear a un alcohólico y depravado personaje llamado Marmaduke Hammerhead para su serial *The power of S.F.*, publicado por entregas en el Daily Mirror. Poe escribió *The cask of amontillado* como respuesta —una historia en la que el personaje principal trama una cruel venganza contra un colega por las calumnias que éste le ha profesado—, utilizando referencias de la novela de English. Otro ilustre enemigo de Poe que también contribuyó a su fama de alcohólico fue Rufus Wilmot Griswold (1815-1857), quien escribió un corrosivo obituario tras la muerte del poeta, e inició entonces una campaña de desprestigio que duró hasta su muerte.

PÁGINA 35

La obra de Lovecraft está repleta de libros arcanos y grimorios de nombres imposibles, y de personajes que rebuscan saberes prohibidos en ellos y que terminan perdiendo el control y la cordura ante lo que descubren. Hay que decir que la mayoría de estos libros son invenciones literarias, como es el caso del célebre e infausto *Necronomicon*, escrito por el árabe loco Abdhul Al-Azred (nombre que el propio Lovecraft usaba cuando era niño y jugaba a emular las historias de *Las mil y una noches*).

PÁGINA 38

Poe se tenía a sí mismo en muy alta estima, y aunque realmente era culto e inteligente, probablemente se creía más culto e inteligente de lo que era en realidad.

PÁGINA 39

El Romanticismo solía tratar el terror como un elemento externo, por lo general de carácter sobrenatural, en base a una tradición medieval en la que la naturaleza es una fuerza que domina por completo al ser humano, insignificante dentro del esquema de las cosas. Son comunes los relatos de aparecidos, vampiros, seres mitológicos o relatos arraigados en los diversos folklores. Cuando el Romanticismo llega a Estados Unidos, se encuentra con el escollo de la ausencia de la tradición. Norteamerica es una nación nueva y no tiene ese pasado medieval que explorar. Y ahí es cuando aparece Poe quien, a través de su genio, introduce el terror en la vida moderna y cotidiana de sus coetáneos. Podemos decir, entonces, que el terror moderno —Stephen King es uno de los casos más cómodos de presentar, pero no es el único, obviamente— nace prácticamente con Poe. Que Howard haga suya la frase «la irrupción de lo fantástico en lo cotidiano» es una manera de mostrar la influencia y admiración que Lovecraft sintió por el autor de Boston.

PÁGINA 41

A pesar de ser una afirmación tan tradicional que pasaría por un axioma, Lovecraft la hace suya en su ensayo *Supernatural horror in literature*, publicado en 1927: «The oldest and strongest emotion of mankind is fear, and the oldest and strongest kind of fear is fear of the unknown».

PÁGINA 43

El tema esencial en la obra de Lovecraft: la insignificancia del ser humano dentro de un patrón cósmico incognoscible e inabarcable.

Referencia a la introducción del relato *The call of Cthulhu*, de Lovecraft, y a uno de los principios esenciales de su obra: «The most merciful thing in the world, I think, is the inability of the human mind to correlate all its contents».

PÁGINA 44

La hostilidad de Lovecraft hacia la religión le llevó a desarrollar una filosofía literaria —el Cosmicismo— en la que se niega la existencia de una presencia divina perceptible y se defiende la insignificancia del individuo ante el Cosmos.

PÁGINA 45

En *Eureka*, un ensayo —o poema en prosa, como también se le ha calificado— sobre ciencia y religión, Poe argumenta que cree en una fuerza creadora que lo empezó todo: «God, self-existing and alone existing, became all things at once, through dint of his volition, while all things were thus constituted a portion of God». Sin embargo, y a pesar de que en algunos momentos pueda parecer un panteísta, él mismo rechaza la idea de que Dios sea omnipotente y omnisciente, y defiende la noción de que Dios y Naturaleza son cosas distintas.

PÁGINA 49

Lovecraft tenía aversión al frío. Lo utilizó como elemento canalizador del horror en su relato *Cool air* (publicado en 1928) que, a su vez, podría haber sido inspirado por el *The facts in the case of M. Valdemar* (1845) de Poe.

PÁGINA 51

A pesar de la imagen seria que tradicionalmente se ha proyectado de Lovecraft, parece ser que éste hacía gala de una fina ironía que quedaba reflejada en las cartas que escribía a sus colegas literarios.

PÁGINA 52

Por lo general tiende a considerarse a Lovecraft como una persona bastante asocial, pero parece que éste sí se relacionaba con sus amigos, emprendiendo viajes para visitarles que a veces le llevaban incluso a estar meses fuera de casa. Para él suponían una relativa molesta, ya que viajar le impedía centrarse en lo que más le gustaba: escribir. Por otra parte, Lovecraft mantuvo una constante correspondencia con sus amigos literarios, llegando a escribir alrededor de cien mil cartas en sus cuarenta y seis años de vida. Sí, cien mil.

PÁGINA 53

«I am Providence» es el epitafio que aparece en la tumba de Lovecraft, en el cementerio Swan Point de la misma ciudad. En principio, su tumba no tenía nombre, y fueron los mismos admiradores del autor quienes colocaron la lápida en 1977. Aquí juego con esa expresión para plasmar la duda en la mente de Howard, quien no vivía en Arkham, obviamente, sino en Providence.

PÁGINA 58

Uno de los temas más significativos de la obra de Poe: «The death of a beautiful woman is, unquestionably, the most poetical topic in the world».

PÁGINA 62

Referencia al relato de Poe *The mask of the Red Death* (1842), en el que un reloj de ébano simboliza la inevitabilidad de la muerte de sus condenados protagonistas.

PÁGINA 63

Poe no se sentía demasiado impresionado por la obra de Nathaniel Hawthorne, aunque tenía en muy alta estima algunos de sus trabajos, como por ejemplo el relato *Dr. Heidegger's experiment* (1837). Lo menciono por ser contemporáneo suyo, y por esa rivalidad literaria que les llevó a intercambiar impresiones más de una vez.

PÁGINA 64

«Midnight 'til one belong to the dead»: referencia a la película *The fog*, dirigida por John Carpenter en 1979. Siempre he asociado esta película tanto a Poe como a Lovecraft. Del segundo, por las veladas referencias a Innsmouth en la localidad donde transcurre la acción, Antonio Bay. Y, del primero, en que Hal Holbrook me ha parecido siempre Poe en esa cinta.

PÁGINA 78

A la que alguien haya leído algo sobre los Mitos de Cthulhu, quizá pueda identificar a un perro de Tíndalos en la narración de Howard. Los perros de Tíndalos —unas criaturas que viajan a través del Tiempo y el Espacio para atrapar a aquellos a los que han visto, cosa que solo se produce cuando la víctima ha realizado un viaje psicotrópico propiciado por algunas drogas— no son creación de Lovecraft, sino de Frank Belknap Long, amigo de Lovecraft, y cuyo relato homónimo se inscribe dentro de las narraciones de los Mitos de Cthulhu.

PÁGINA 82

Uno de los mayores miedos de Poe, reflejado en su relato *Premature burial.*

PÁGINA 84

Los padres de Poe, David Poe Jr. y Elizabeth Arnold Poe, eran actores de teatro itinerantes que murieron cuando Edgar tenía dos años de edad. A partir de ese instante, el muy joven Edgar fue acogido por el matrimonio formado por John y Frances Allan, amigos de la familia Poe.

El padre de Lovecraft, Winfield Scott Lovecraft, ingresó en el Centro psiquiátrico de Providence cuando Lovecraft tenía tres años. La infancia del autor de *Lo innombrable* estuvo marcada por su sobreprotectora madre, Sarah Susan Phillips Lovecraft, y creció rodeado de mujeres (con excepción de su abuelo materno, quien fue el principal sustento económico de la familia). Se ha dicho más de una vez que su madre le vestía de niña cuando era pequeño, pero no hay pruebas suficientes para afirmar que eso sea cierto. Su madre terminó ingresada en el mismo manicomio que su padre, pero algunos años después de la muerte de éste.

PÁGINA 85

La aversión al mar de Lovecraft queda patente en toda su obra. Las referencias a hombres pez, deidades marinas, criaturas con apéndices propios de algunos cefalópodos y atmósferas con olor de pescado podrido son muy habituales.

PÁGINA 94

De nuevo, una referencia al poema *El cuervo*: «Leave no black plume as a token of that lie thy soul hath spoken!». Aquí, Edgar está reviviendo la muerte de su esposa, Virgina Eliza Clemm. Poe y Virginia eran primos y se casaron cuando ella contaba con trece años y él veintisiete. Virginia murió once años más tarde, y eso causó una profunda impresion en Poe —y una inequívoca influencia en su obra, legando poemas como *Annabel Lee* (1847) o el ya mencionado *El cuervo*.

PÁGINA 97

Lovecraft estuvo casado con Sonia Greene durante nueve años (1924-1933). Ella apoyó firmemente que él siguiera escribiendo. Sin embargo, como relación sentimental no fue particularmente destacable, y él se mostró siempre inhibido y afectado por una educación puritana.

PÁGINA 99

Referencia al poema de Poe *A dream within a dream*: «*All* that we see or seem / Is but a dream within a dream». La película *The fog*, de John Carpenter, abre con esta cita.

PÁGINA 100

Azazoth es uno de los Dioses Primigenios creados por Lovecraft, una entidad imbécil que solo aspira al Caos y que se encuentra en el centro del Universo, devorándolo todo al sonido de unas flautas infernales. El lenguaje que utiliza aquí Howard es propiamente lovecraftniano, y es el utilizado habitualmente en letanías y cultos varios. Se supone que es un lenguaje de cacofonía imposible para un ser humano.

PÁGINA 104

De nuevo, es Howard quien tiene la sesación de conocer a Poe, y no viceversa, porque nació más tarde y, como autor, fue influenciado por el primero.

PÁGINA 105

Una cita del infausto *Necronomicon*, escrito por Abdul Alzahred, tal y como aparece en el relato de Lovecraft *The nameless city*: «That is not dead which can eternal lie, /And with strange aeons even death may die».

Sobre el autor

Joan Álvarez Durán conoce a Edgar y a Howard a los doce años, y desde entonces los siente como amigos cercanos. Ha escrito el relato *La llamada* para la antología *Adoradores de Cthulhu*, publicada por Edge Entertainment, y la novela juvenil *L'ombra sobre Vilafosca*, en la que la influencia de Howard está patente en el título, y la de Edgar en el relato.

Por otra parte, Joan es director y guionista, y ha escrito, entre otros trabajos, algunos largometrajes en los que también ha dejado sentir la huella de nuestros protagonistas: el desazón romántico de Poe y el Signo Amarillo chambersiano en *The afterglow* (Joan Álvarez y Yolanda Torres, 2014), o la influencia de un mal primigenio en *The forsaken* (Yolanda Torres, 2015).

En la actualidad, Joan se encuentra trabajando en el primer volumen de las aventuras de Eldyn de Ritker, un experimento en el que mezcla la fantasía con el género detectivesco.

Agradecimientos

Hay mucha gente que directa o indirectamente han hecho posible todo esto. Supongo que debo empezar por Lluís Elías, que cuando era mi profesor durante la EGB me descubrió, entre otras cosas, a Poe y a Lovecraft. Siempre he dicho que yo soy quien soy gracias a él.

Asimismo quiero agradecer a Rubén no solo su amabilidad al escribir el prólogo, sino también todos los momentos vividos y en los que los dos maestros estaban de un modo u otro presentes.

Por motivos de lo más dispares, debo recordar también a Stuart Gordon, Roger Corman, John Carpenter, Guillermo del Toro, Stephen King y a muchos otros que, con sus trabajos, han estado alimentando la llama.

A mi familia, sin la cual yo no sería más que un borrón entre tantos, y a esos amigos que han dado apoyo y me han ayudado con sus opiniones y su entusiasmo: María José, Laura, Javier, Rober, Germán y Montse.

Y a Ester, por estar ahí siempre.